チョコちゃんときゅうしょく

椰月美智子　さく
またよし　え

チョコちゃんは、きゅうしょくの　じかんが
あまり　すきでは　ありません。
どうしてかって？
それは　きゅうしょくを　たべるのが、
とっても　おそいからです。
「チョコちゃん、
おしゃべりしてないで　たべなさい」
さゆり先生が　いいます。

チョコちゃんは、
もごもごと　うなずいて、
のこっている　きゅうしょくを
いっしょうけんめい
たべます。

チョコちゃんの　にがてな　たべものは
たくさん　ありますが、　なかでも　しょくパンの
耳（みみ）は、　ぼそぼそしていて、　なかなか
たべられません。

しかたなく、　ぎゅうにゅうで　ごっくんと、
むりやり　のみこみます。

そのうちに、　まわりの　おともだちは、　きれいに
たべおわってしまいます。

チョコちゃんの　おさらには、まだ　しょくパンや
シチューや　くろいおまめが　のこっています。

「じゃあ、この　おまめと、シチューの　なかの
ニンジンだけ　たべちゃいなさい」
おともだちが　うんどうじょうに
かけだしていくなか、ひとり　がんばっている
チョコちゃんに、さゆり先生が　声を　かけます。
チョコちゃんは、ぎゅうっと　目を　つぶって
くろいおまめを　口に　いれました。
それから、シチューの　なかにある、
オレンジいろの　ニンジンを　フォークで　さし、

はなを　つまんで、前ばで　ちょびっと　かみました。
うへえ。
すぐさま　ぎゅうにゅうを　口に　ながしこんで
てんじょうを　見あげて　のみこみました。

チョコちゃんの
きゅうしょくは、
いつも　いつも、
そんな　ちょうしでした。

チョコちゃんと　おなじ　グループには、
だいすけくんという、クラスで　いちばん　せが
たかくて、からだの　大（おお）きい　おとこの子（こ）が　います。
だいすけくんは、チョコちゃんと　ちがって、
きゅうしょくを　たべるのが　うんと　はやいのです。
まいにち、あっという　まに
たべおわってしまいます。
チョコちゃんは、そんな　だいすけくんを　いつも
かっこいいなあと　おもっていました。

そうだ！
チョコちゃんは　いいことを　おもいつきました。
だいすけくんの　まねをしてみよう。
だいすけくんと　おなじものを、おなじ
じゅんばんに　たべていけば、おなじように
はやく　たべおわるはず。

きょうの　きゅうしょくは、コッペパンと
イチゴジャム、にくだんごと　やさいいためです。
デザートに　チョコちゃんの　大すきな
プリンも　ついています。

「いただきます」
さゆり先生が　大きな　声で　いいました。
「いただきますっ！」
みんなも　つづいて、大きな　声で　いいます。
チョコちゃんは、目の　前に　すわっている
だいすけくんを　じっと　見つめます。
まず　だいすけくんは、コッペパンを
左手に　もって、右手で　しんちょうに、
たてに　きれ目を　いれていきました。

まっすぐで　とても
きれいな　きれ目（め）です。

チョコちゃんも、おなじように　コッペパンに
きれ目を　いれます。
でも　チョコちゃんの　きれ目は、
だいすけくんのように　まっすぐでは　ありません。
なにしろ、コッペパンに　きれ目を　いれる
ということが、チョコちゃんにとっては
はじめての　ことだったので、
むりもありません。

きれ目というよりも、
ただ　おやゆびで、ぶすぶすと
あなを　あけていっただけなので、
コッペパンは　見るも
むざんな　かたちに
なってしまいました。

だいすけくんは、イチゴジャムの
パックを　あけて、コッペパンの　きれ目に、
ちゅうっ、と　じょうずに　つけていきました。
チョコちゃんも　いそいで　まねをして、
イチゴジャムの　パックを　あけて、
コッペパンの　あなに、ちゅうっ、と　おとしました。
だいすけくんが、コッペパンに　かぶりつきました。
ガブッ　ガブッ
どうやら　ふた口　かんだようです。

チョコちゃんも　まねをします。
ガブッ　ガブッ

つぎに　だいすけくんは、フォークで　にくだんごを、
ずどっ
と、さしました。
チョコちゃんも　コッペパンを　おいて、
フォークで　にくだんごを　さそうとしますが
うまく　ささりません。

すこっ　すこっ　ずどっ

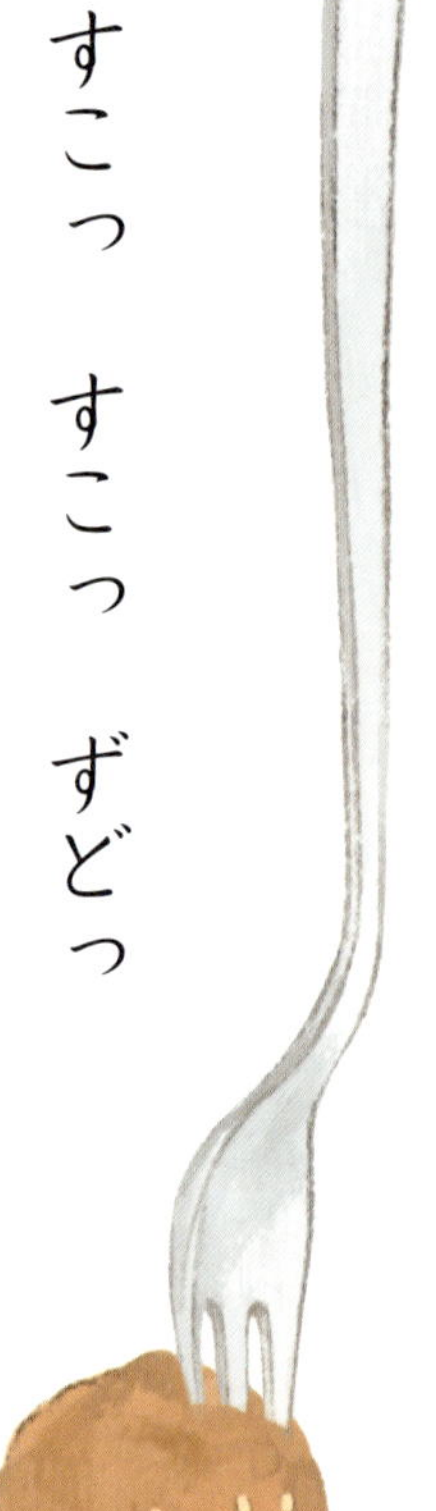

三(さん)かい目(め)で　ようやく　にくだんごに
めいちゅうしました。
だいすけくんは、にくだんごを　口(くち)のなかに
いれて、もぐもぐと　かんでいます。
チョコちゃんも
にくだんごを
口(くち)のなかに　いれて、
いっしょうけんめい
かみます。

でも　にくだんごが　大(おお)きすぎて、
いつまでたっても　のみこめません。
チョコちゃんの　ほっぺたは、にくだんごで
ぱんぱんです。
だいすけくんは、もう　つぎに　とりかかる
ようすです。

んぐっ　んぐっぐ
チョコちゃんは、むねを　たたきながら、
にくだんごを　むりやり　のみこみました。

だいすけくんは、また　コッペパンを
手に　とりました。
くいっ、と　ちぎって、大きな　口に
ぽいっ、と　いれます。
だいすけくんが　コッペパンを　もつと、
コッペパンは　とても　小さく　見えます。
チョコちゃんも　まけじと、
コッペパンを　くいっ、と　ちぎります。
そして、ひょいっ、と　口に　いれます。
ひょいっ、ですって！

チョコちゃんは、じぶんで　じぶんを
ちょっと　かっこいいと　おもいました。
ひょいっ　ひょいっ

おっとっと。
こんなことを　している
ばあいでは　ありません。

こんどは　だいすけくん、フォークで
やさいいためを　すくいます。
チョコちゃんも　おなじように、
やさいいためを　すくいます。
サクッ　サクッ　サクッ
シャリッ　シャリッ　シャリッ
だいすけくんの　口のなかから　リズムの
よい音が　きこえてきます。
チョコちゃんは、フォークで　すくった
やさいいためを、どうしても　口のなかに

いれることが　できません。
だって、大(だい)きらいな　ピーマンと　キャベツが
はいっているのです。

だいすけくんは、もう　つぎの　やさいいためを
フォークに　のせています。
「どうしよう。
ピーマン　いや。
キャベツ　きらい。
でも　たべなきゃ、だいすけくんと
おなじに　なれない！」
チョコちゃんは　はなを　つまんで、
　えいっ！
と　口に　いれました。

サクッ　サクッ　サクッ
シャリッ　シャリッ　シャリッ
チョコちゃんの　きらいな　はざわりです。
ピーマンや　キャベツを　かむと、
はが　ぽろりぽろりと　ぬけおちて、耳（みみ）の　あなから
とんでいってしまう　気（き）がするのです。
サクッ　サクッ　サクッ
シャリッ　シャリッ　シャリッ

チョコちゃんは　がんばります。

ごきゅっ　ごっくん
やっと　のみこむことが
できました。

つづいて　だいすけくん。
こんどは　また　コッペパンです。
ぽいっ、と　口に　ほうります。
チョコちゃんも　あわてて、
コッペパンを　ちぎります。
だいすけくんは、にくだんごに
とりかかります。
チョコちゃんも　おなじように
ほおばります。

だいすけくんは、チョコちゃんが
まねをしているのに、ちっとも　気がつきません。
いつもどおりに、元気よく　おいしそうに、
なんでも　ぱくぱくと　たべています。
チョコちゃんも　だいすけくんの　まねをして、
きょうばかりは　ぱくぱくと　がんばります。

あれあれ？　だいすけくん。
こんどは　プリンの　ふたを　あけはじめました。
そして、プリンを　さかさまにして、おさらの
上に　じょうずに　とりだしました。
チョコちゃんも、大いそぎで　プリンの
ふたを　あけて、おさらの　上に　だしました。
あわてたせいか、チョコちゃんの　プリンは、
ちょっと　かたちが　くずれてしまいました。
だいすけくんは、スプーンで　プリンを
とろーりと、すくいます。

郵便はがき

おそれいりますが
切手をおはり
ください

160-0015

【受取人】
東京都新宿区大京町22-1

株式会社そうえん社
編集部 行

http://soensha.co.jp

●愛読者カード

お名前		男・女	歳
ご住所	〒□□□-□□□□ 都道 府県		
お電話番号			
E-mail			

ご記入いただきました個人情報（お名前やご住所など）は、今後の企画の参考のためにのみ利用させていただき、6か月以内に破棄します。

お買い上げありがとうございます。今後の出版企画の参考にいたしたく存じます。
この本についてのご感想や弊社に対するご意見・ご希望などをご記入ください。

この本の書名を お書きください	

●この本をお買い求めになったきっかけは？

1. 書名がよかったから　2. 表紙がよかったから　3. 内容がおもしろそうだから
4. 著者のファンだから　5. 先生や友だちにすすめられて　6. 書店ですすめられて
7. その他（　　　　　　　　　　　　　　　　　　　　　　　　　　　）

●この本でよかったと感じたところは？

内容について（とてもよい・よい・ふつう・わるい・とてもわるい）
カバーについて（とてもよい・よい・ふつう・わるい・とてもわるい）
イラストについて（とてもよい・よい・ふつう・わるい・とてもわるい）
定価について（とても高い・高い・ふつう・安い・とても安い）
本の大きさについて（大きい・よい・小さい）
その他（　　　　　　　　　　　　　　　　　　　　　　　　　　　）

●最近おもしろかった本・マンガ・できごとは？

●この本についてお気づきの点、ご感想などを教えてください

ご協力いただきありがとうございました。

あむっ
だいすけくんは、 ほそい 目を さらに ほそめて、
うれしそうな かおを しています。
だいすけくんの ほっぺたは、 いまにも おちそうです。

チョコちゃんも、プリンを　とろーり、と
すくいます。
あむっ
チョコちゃんの　ほっぺたも　おちそうです。
あむっ
チョコちゃんは、とっても　しあわせです。
あむっ
あむっ
チョコちゃんは、だいすけくんと　どうじに
プリンを　たべおわりました。

「ごちそうさまあ」
だいすけくんが　大(おお)きな　声(こえ)で　いいました。
えっ、もう　たべおわったの？
チョコちゃんは、おどろきました。やっぱり
はやいなあ、すごいなあ、と　かんしんしました。
そうだ！
ということは、だいすけくんと　おなじように
たべた　チョコちゃんも、ぜんぶ
たべおわっているはずです。
チョコちゃんは、わくわくした　気(き)ぶんで

じぶんの　おさらを
たしかめました。

すると、どうしたことでしょう。
たべおわっているはずの　きゅうしょくが、
ほとんど　おさらの　上(うえ)に　のこっているでは
ありませんか。
チョコちゃんは、お山(やま)が　ひっくりかえるほど、
びっくりしてしまいました。
だいすけくんと　おなじように、ぜんぶ
まねをして　たべたのに、どうして
チョコちゃんの　おさらには、コッペパンや
にくだんごや　やさいいためが、

まだまだ
のこっているのでしょう?

チョコちゃんは、かなしくなりました。
なみだが　でてきました。
もう、なにも　たべたくありません。
ないている　チョコちゃんの　ところに、
さゆり先生が　きました。
「チョコちゃん、どうしたの。
どうして　ないているの？」
チョコちゃんは、しゃくりあげながら、
さゆり先生に　せつめいしました。
「あのね、先生。チョコちゃんね、ひっく。

だいすけくんと　おなじ　ものを
おなじ　じゅんばんで　たべたのよ。

だから、だいすけくんと　おなじに
たべおわらないと　いけないのに、チョコちゃんの
きゅうしょくはね、ひっく。
ぜんぜん　へって　いないのよう。
おかしいよう、先生。どうしてなのかなあ。
あーん。」
さゆり先生は、ゆっくりと　うなずいて、
いいました。
「チョコちゃんの　さくせんは　しっぱい
しちゃったのね。だいすけくんの　お口と

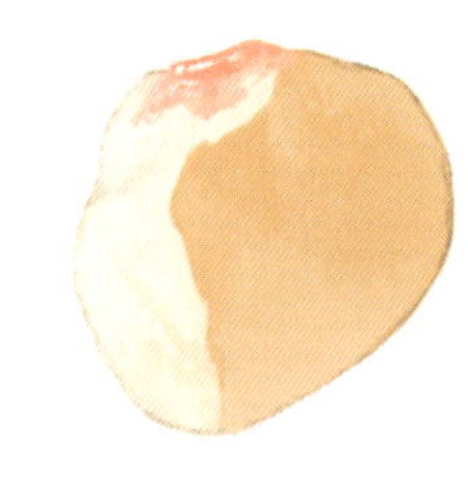

チョコちゃんの　お口は、大きさが　ちがったのね」

　チョコちゃんは、なんで　だいすけくんと
おなじに　たべおわらなかったのか、
ようやく　わかりました。

　だいすけくんが　ちぎる　コッペパンの
大きさも、だいすけくんが　ひと口で　たべる
やさいいための　りょうも、チョコちゃんの
ものとは、ぜんぜん　ちがったのでした。

さゆり先生が、
「やさいいためだけ　たべちゃおうか」
と、やさしく　いってくれましたが、
チョコちゃんは　たべられませんでした。
だって　チョコちゃんは、大すきな　ものは
いつも　さいごまで　とっておくのです。
大すきな　ものが　まっているからと　おもって、
にがてな　やさいや　パンの　耳も　がんばって
たべられるのです。
でも　きょうは、だいすきな　プリンが

もう　ありません。
プリンだけは、
きれいに
たいらげて
しまったからです。

チョコちゃんは　なみだを　ごしごしと
ふきました。
それから　大きく　しんこきゅうをして、
目を　つぶりました。

すると　チョコちゃんの　前に、
とく大プリンが　あらわれました。
大きくて　あまくて　やわらかくて、
からだじゅうが　とろけてしまうような
おいしい　プリンです。
チョコちゃんは　大きな　スプーンで
とく大プリンを　すくいました。
あむっ
あむっ
あむっ

ああ、なんて　おいしいのでしょう。
からだが　とろけてしまいそうです。
そうだ！
チョコちゃんは　いいことを　おもいつきました。
いつでも　おいしい　プリンを　そうぞうすれば
いいのです。
そうすれば　にがてな　やさいも
たべられるはず。チョコちゃんは　のこっている
やさいいためを　口（くち）に　いれました。

サクッ　サクッ　サクッ
シャリッ　シャリッ　シャリッ
うへえ。
やっぱり　にがてな　はざわりです。
でも　チョコちゃんには、
とく大（だい）プリンが　まっています。
大（おお）きくて　あまくて　やわらかい、
チョコちゃんの　大（だい）すきな
とく大（だい）プリンです。

さく・椰月美智子（やづきみちこ）

1970年生まれ。神奈川県小田原市在住。2002年に『十二歳』でデビューし、第42回講談社児童文学新人賞を受賞。2006年には、『しずかな日々』で第45回野間児童文芸賞と第23回坪田譲治文学賞をダブル受賞した。小説は、『体育座りで、空を見上げて』『るり姉』『その青の、その先の、』『ダリアの笑顔』『未来の手紙』『14歳の水平線』など多数ある。幼年童話には『チョコちゃん』がある。
本作は、2009年・夏「飛ぶ教室」18号に『チョコちゃんと給食』で発表された作品です。

え・またよし

1982年生まれ。油画を描いていた経験を生かし、デジタルでも色を重ねて作り上げる淡い色調を得意とする。絵本「魔人とのばらの魔女」（まんだらけ）、画集「システムキッチンぱんつ」（1月と7月）など発表しており、絵本を通じて日本国外でも活動の場を広げている。幼年童話の挿絵に『チョコちゃん』がある。

デザイン・ランドリーグラフィックス

＊ご感想をお待ちしています。
いただいたお便りは編集局より著者にお渡しいたします。
ホームページ
http://soensha.co.jp

まいにちおはなし　13

チョコちゃんときゅうしょく

2015年12月　第1刷

さく・椰月美智子　え・またよし

【発行者】　田中俊彦
【発行所】　株式会社そうえん社
〒160-0015　東京都新宿区大京町22-1
営業　03-5362-5150（TEL）　03-3359-2647（FAX）
編集　03-3357-2219（TEL）　振替　00140-4-46366
【印刷】　株式会社光陽メディア　【製本】　株式会社若林製本工場

N.D.C.913 / 48p / 20 × 16cm　ISBN978-4-88264-482-8　Printed in Japan